KB093249

내가 내 심장을 느끼게 될지도 모르니까

정다연

내가 내 심장을 느끼게 될지도 모르니까

정다연

PIN

024

차례

PIN

024

내가 내 심장을 느끼게 될지도 모르니까

정다연

시

리액션

네가 날 쳐다보면
쳐다보지 않는다

네가 박수를 치면 박수를 치지 않고
네가 끄덕이면 고개를 갸웃한다

뭘 보는 거니
네 의견엔 동의하지 않아
방금 그 말은 정말
나눠 줄 웃음이 없다

매 각도로 표정을 단속한다
단속으로 표현한다
무심코 돌아가는, 반성도 없이
제 이름에 반응하는 목은 꺾어버리기로

줄줄이 쓰러지고 엎어지는 도미노
편리한 호명과 위계
출입문 닫습니다 출입문 닫습니다
안을 안심하게 만드는 것들

일순간에 차가워질 것
침묵을 깰 것
동의하지 않습니다
동의하지 않습니다
동의하지 않습니다

그러나 굳어지는 순간에
적확히 무너질 것

이제 놀랍지 않다

내가 벌목공의 눈을 가졌다는 것

육식주의자라는 것

전쟁영화를 보며 평온한 잠이 쏟아진다는 것

자꾸만 침이 고인다는 것

재난 뉴스를 들으며 아침 햇살을 사랑한다는 것

흰 바지가 더러워지지 않는 오늘의 날씨를 좋아
한다는 것

기계 속으로 빨려 들어간 어떠한 손목과도 무관
하다는 것

그것이 죽음일지라도

너의 굶주림과 난 아무런 관련이 없다는 것

외투를 걸치며 털가죽이 벗겨진 채로

찬 바닥에서 식어가는 생명이 있다는 것

그것이 목숨일지라도

나와는 관계가 없다는 것

원숭이의 심장을 적출해

돼지의 심장을 이식한 종족이 나라는 것

그것이 내 심장과 무관하다는 것

아프지 않다

이제 놀랍지 않다

그 무엇도, 아무것도

머리의 습관

1

목에 얼굴을 올려두고 있었을 뿐인데 아침이 온다

아침이 머리통처럼 굴러온다 창문에 기대 빛을 쐬고 어제보다 조금 더 자란 식물의 길이를 생각한다

그러나 나는 자라지 않는다 빛을 향해 꺾이지 않는다 웃자라지 않는다

착하게
내 팔은 옆구리에
머리는 목 위에 가지런히

성냥을 그어줄까?

분칠을 해줄까?
밥 줄까?

아무리 물어도 대답하지 않는 머리통
내게서 고개를 돌리지도 못하는 머리통

어쩐지 수상한

2

오늘 만난 애인은 내 얼굴이 무척 마음에 든다고
한다 내 단정한 머리통이 예쁘다고 한다
한 번도 내게서 떨어진 적 없는,

고대 이집트인들은 식탁 위에 해골을 올려두는

풍습이 있었다지? 먹고 마시는 동안에도 죽음을 기
억하려고

　습관처럼 우리는 기댈 어깨를 내어준다

　기억할 죽음이 없어서 서로의 얼굴을 보며 안심
한다

　그런데 어쩌지? 식탁처럼 웃는 네 얼굴을 보면
어쩐지 뒤통수 한 대 내리쳐주고 싶은데

　모르는 척 고개를 돌리는 머리통
　아무것도 아닌 척 인파에 떠밀려 가는 머리통

3

오늘 밤, 안전하고 착한 머리통은 다 어디로 굴러가나 군화에 짓밟힌 머리통, 밧줄에 매달린 머리통, 뗏목과 함께 난파하는 머리통, 해저에 처박힌 머리통, 먹이가 된 머리통, 수용소의 머리통, 가스로 가득 찬 머리통, 기차에 부서지는 머리통, 신원 미상의 머리통, 시위하는 머리통, 인파에 짓눌린 머리통, 기름 붓는 머리통, 우아하게 뾰족구두 신고 걸어가는 머리통, 탈을 쓴 머리통, 무표정의 머리통, 주일의 머리통, 태아의 머리통, 기도하는 머리통, 국기에 묵념하는 머리통, 아이의 머리통, 칠판을 바라보는 머리통, 선생의 머리통, 운동장의 머리통, 뗴거리로 교각을 건너는 머리통, 흔들리는 머리통, 절벽으로 추락하는 머리통, 폭파하는 머리통,

동시다발적인 머리통, 피 흘리는 머리통, 눈을 감거
나 뜬 머리통, 발밑에서 끝없이 차이는 친구들의 머
리통

　식탁 아래로 통 통 통 떨어지는데

　우리는 서로의 얼굴에 대고 아침이야, 말한다

나는 개와 함께 공원으로 간다

"이 개의 견종이 뭐지요?"
역시 개를 데려온 여자가 묻는다

"······믹스견입니다"

"그래도 뭐랑 뭐랑 섞였는지는 알 거 아니에요
보더 콜리, 파피용, 스피츠?"

"······잘 모릅니다"

"우리 개는 자연임신되지 않고 유전자 변형으로만
임신 가능한 개예요 아주 값이 비싸고 귀해요"

"······그렇군요"

*

개와 나는 그저 함께 걷는다

"이리 와 이리 와"

모르는 남자들이 손짓하고

뒤따라와 휘파람을 분다

만져보고 싶어 말한다

나와 개는 그냥 계속 갈 뿐인데

"개새끼네"

노란 승합차에서 내린 아이가 말한다

*

개와 나는 엘리베이터에 올라탄다

아까부터 14층 남자는 세균에 감염될 것처럼 울상이고

"애나 낳지 왜 개를 키워?"

옆집 아주머니는 내게 묻는다

나와 개는 엘리베이터에서 내릴 뿐이다

*

나는 집으로 돌아와

개의 발을 닦아주고, 물과 사료를 따라준다

"개 키우는 거 보니까 애도 잘 키우겠네"
할머니는 말하고

"개를 키우는 일과 아이를 키우는 일은 관련이
없어요"
내가 말한다

*

나는 개와 함께 공원으로 간다

공장을 지나 오염된 강가를 지나

때로는 들판으로 때로는 낯선 동네로

개는 내가 혼자서는 단 한 번도 가지 않았던 길로

날 데려가고

나도 가끔 개를 새로운 곳으로 데려간다

산책은 늘 엇비슷하지만

개와 나는 같이 걷고 자란다

누군가는 혀를 굴리며 날 불러 세우고

누군가는 정말 개를 애처럼 생각하냐고 물을 것
이지만

이 모든 말에 관심 없는 개는

땅의 냄새를 맡으며

그저 걸을 뿐이다

인간 사랑 평화

너는 인간이라는 말과 사랑이라는 말을 사랑한
다 너는 차별이라는 단어를 케케묵은 양말만큼이나
싫어하고 미니멀리즘을 좋아한다 너는 도래하지 않
은 평등이라는 말을 굳게 신뢰한다 설령 그것이 영
영 오지 않더라도 너는 침착함을 유지하는 법을 안
다 날을 세울 곳에 적확히 비판하는 법을 안다 유행
하는 사상과 철학과 시와 소설 목록은 눈 감고도 읊
을 수 있다 뒤떨어진 것을 적당히 무시하는 법도 안
다 너는 매일 밤 잠들기 전에 인권선언문을 외운다
외우다 보면 정말로 눈물이 나서 가끔 그런 네가 너
무나 마음에 들고 밥을 먹는 것도 잊고 과제가 있다
는 것도 잊어버린 밤이면 스스로가 달콤한 체리나
무가 된 것만 같다 너는 아이돌 가수의 곡만큼 슈베
르트 바흐 베르너 모차르트 거슈윈을 즐길 줄 아는
예민한 청력을 지녔고 연필과 붓을 더듬는 섬세한

손가락을 가졌다 너는 너보다 약한 것을 사랑한다 소수라는 단어는 네가 가장 아끼는 것이고, 폭력이라는 단어는 네가 가장 혐오하는 것이다 너는 만인을 사랑한다 하지만 한 인간에 대해서라면 세련되게 거리를 유지할 수 있다 단칼에 잘라버릴 수 있다 가끔 비난할 수 있고 비난하다 보면 그 인간은 비난받아 마땅한 인간인 것 같아 화가 난다 해처버리고 싶다 그렇지만 이런 일은 자주 있지 않으므로 너는 꽤나 괜찮은 사람이다 너는 찻잔에 담긴 차처럼 여유롭게 식어가고 천천히 맛을 음미한다 탐하지 않고 먹는 법을 안다 유명세나 명예에 힙하게 거리 유지하는 법을 안다 그렇게 생각하다 보면 너는 정말 그런 사람이 된 것 같다 언젠가 아무도 모르게 음지에서 자라나 세상을 놀래줄 유명 배우나 예술가가 될 것 같기도 하고 인스타그램에 수많은 추종자

를 거느릴 수 있을 것도 같다 너는 도시의 쇼윈도를
지나며 인간 사랑 평화를 되뇌인다 창에 비친 네 얼
굴을 보면 약간 서글프지만 인간 사랑 평화는 너의
얼굴이고 현현이고 미래이므로 이 정도는 감내할
수 있다 스칠 수 있다 너는 네가 사랑하지 않는 단
어에 대해 안전하게 성찰한다 반성적이지 않은 인
간은 후지니까 너는 네가 깡그리 무시해버린 반대
자의 말을 한 번쯤은 생각한다 생각하면 생각할수
록 그 인간은 정말이지 멍청한 것에 불과해서 코웃
음이 난다 너는 네가 그런 사람이 아닌 것에 안심한
다 너와 네가 애정하는 친구들이 그 정도로 빨지 않
아서 다행이라고 생각한다 너는 신호등 앞에서 정
치 현황에 대한 날카로운 관점을 제시한다 그러나
인간 사랑 평화가 그러하듯, 때때로 너 자신이 역에
버려진 일회용 커피 잔보다 못하게 느껴진다 그럴

때면 너는 네가 결코 사랑하지 않는 단어들에 대해
생각한다 구름이나 비가 아닌 시대착오적인 문구
들과 법 조항에는 끼지도 못할, 도무지 왜 사람들이
목매는지 알 수 없는 시시한 것들에 대해 저게 시시
한 걸 죽었다 깨어나도 모를 두뇌들에 대해 죄인 줄
모르고 눈치 없이 명랑해지고 시시때때로 순진해져
서 상처 입은 눈망울을 하고 있는 불편한 것들에 대
해 그러자 구체적인 얼굴과 이름 몇몇이 스쳐 지나
가고 어쩌면 너도 네가 혐오하는 단어와 점점 닮아
가고 있는 건 아닐까 생각하지만 아무리 봐도 르몽
드를 구독하고 이 도시를 걸어가는 너는 반대편에
서 신호가 바뀔 기다리는 저 인간들과 영 딴판인
것 같다 난 저들과 달라, 이 말이 왜 이렇게 외롭고
사랑스러운지 너는 때때로 비에 대해 말하지만 조
금도 젖지 않은 채 모든 빗방울을 피해 간다

빛나는 웃음을 애도해

네 살의 창가
네 살의 미친 울음

당신은 날 창가로 끌고 갔지
나는 당신의 손끝에서 구겨졌다 얇은 손수건처럼
그치지 않으면 죽일 테다

네 살의 아이
입을 닥쳤지

공중에서 벌을 섰다
당신이 공중에 날 걸어두었기 때문에
가볍게 펄럭였다
공기에 질려

액자에 걸린 그림처럼 물끄러미 날 바라보는 당신의 살의殺意

이따금씩 서 있지 당신이 못 박은 나의 첫 번째 풍경에 당신의 폭언이 푸르게 펄럭이며 눈가를 스치는 밤이면

마주 본 두 쌍의 빛줄기

반대편 유리에 얼굴을 박아 넣을 흠집 없는 액자의 수를 세며

멈추지 않겠습니다

다 걸겠습니다

딸의 이름으로

자매

내가 너의 언니가 되어줄게 동생이 되어줄게

사각형의 창문 앞에서 네가 과일을 썰 때 석류의 배를 가를 때 꺼내 먹은 열매가 피 울음처럼 느껴질 때 손목을 타고 과육이 흐를 때 손에 든 식칼이 무겁다고 느낄 때 네가 서 있는 풍경이 살육의 한복판이라고 느낄 때 괜찮아 내가 너의 언니가 되어줄게 동생이 되어줄게

푸른 집의 욕조 그 안에서 네가 물을 틀 때 네가 아닌 다른 누구도 수도꼭지를 잠가주지 않을 때 깨진 타일, 더러워진 얼룩이 벽을 타고 번져나갈 때 네가 욕조에 누워 조용히 금 갈 때 숨을 참고 머리를 담글 때 만져지는 네가 투명한 잡초처럼 느껴질 때 내가 너의 언니가 되어줄게 동생이 되어줄게

거미줄이 쳐진 다락방, 이불보를 덮고 네가 호흡할 때 머리맡에 살아 있는 것이라곤 선인장밖에 없을 때 문득 그것을 끌어안고 싶다고 느낄 때 아무리 덧창을 잠가도 찬송가가 울려 퍼질 때 발작적으로 혼잣말할 때 창밖의 눈송이가 널 감시하는 눈동자로 느껴질 때 혹한보다 깊은 공포가 널 덮칠 때 내가 너의 동생이 되어줄게 언니가 되어줄게

타오르는 종소리, 빛에 홀린 천사들이 네게 날아들어 죽어라 죽어라 저주를 퍼부을 때 아무리 잘라내도 그림자가 네 발꿈치에서 솟아날 때 하늘이 푸른 재난처럼 너에게 몰려올 때 빛이 나방을 불태우고 숲을 태울 때 그 속을 네가 맨발로 걸어 나갈 때 나뭇가지마다 죽은 개가 널 쳐다보고 있을 때 사라

져 사라져 킬킬거릴 때 내가 너의 동생이 되어줄게
언니가 되어줄게

대기 뒤 장막

내가 전선을 찾기 위해 책을 뒤적거리는 동안 마지막 남은 웅덩이에서 잠을 자던 물소의 숨이 끊어집니다

들끓는 파리 떼, 어디서든 입 벌리고 있는 죽음의 아가리 너의 실체는 부패뿐이라는 듯이 독을 품고 한 번의 상처 입힘으로

상대를 쓰러뜨리는, 건기입니다

내 몸을 마비시키는 독은 어디서 왔는가 문장이 되지 못한 진흙이 뚝뚝 흘러내리는 엉망이 된 페이지 앞입니다 닦을수록 모호해지는 언어의 풍경, 창문 밖 세계

내가 나의 썩음을 담보로 전선을 찾기 위해 나의 교실을 가족을 국가를 나의 지대를 먹살 잡는 동안 셀 수 없이 쪼개지는 얼굴, 바스러지는 눈동자, 어둠을 휘젓던 손은

몽타주 한 장 들고 나오지 못하고

급류입니다 한 방울의 물방울만으로도 익사할 수 있는 생명이 휩쓸려 갑니다 언제나 가장 여린 살갗이 먼저입니다 들끓는 물 기포, 각막이 터집니다

전선이 형성되지 않는 건기입니다

페이지마다 칼금을 내리꽂는 이 건기는 어디서 온 것입니까 내 손등에 닿는 이 미세한 폭력과 구분

되지 않는 이 몸은 무엇입니까 유골들이 모래처럼 쏟아져 내리는, 한 포기의 푸름도 허락되지 않는 건기입니다

나는 물소의 숨이 끊어진 마지막 웅덩이에 누워 대기를 뚫고 내게 거대한 주먹을 내밀고 있는 한 손을 봅니다

다음 날도 그다음 날도 봅니다

대기의 장막 뒤에서 나에게 손 내밀고 있는 저 거대한 주먹, 그 뒤에서 빛을 내리꽂고 있는 저 가짜 전선은 무엇입니까 실체가 있으면서도 실체가 없는 저 전선은 무엇입니까 강렬한 빛으로 내 눈을 멀게 하면서도 잡히지 않는 저 빛은 무엇입니까 나

는 얼마나 오랫동안 눈먼 사람이었습니까

　나는 눈에 보이지 않는 전선을, 있다고 있다고 부서지는 진흙으로 씁니다 부수어지는 손목으로, 흘러내리는 문장으로 씁니다 안개로도 설명되지 않는 저 빛을 씁니다 작렬하는 빛을 온몸으로 밀어내며 끊임없이 반사하여 싸워냅니다 형태를 알 수 없는 전선이 그물망처럼 온몸을 묶고 있습니다 계절을 마음대로 바꾸고 사람들을 포획하고 있습니다 나는 1초에 한 번씩 전사했다 일어납니다 무릎을 세우고 내가 죽어서도 사라지지 않을 저 거대한 주먹을, 봅니다 씁니다 나는 1초에 한 번씩 살아내고 있습니다 다시 나타나고 있습니다 빛에 무감각해진 나의 두 눈을 버리고, 나의 작은 두 주먹을 쥐고

인물화

맑은 물에선 오히려 생물이 잘 자라지 않아

네 독성의 이유지

언제까지 미지근한 물로 흔들릴 거니

언제까지 그 얼굴로 버티고 서 있을 거니

너는 징그러운 생수의 맛

세상에서 가장 햇빛을 잘 견디는 직물

위선,

위선이라고 쓰는 지금 넌 얼마나 밝은지 얼마나

괜찮은 인간인지

　질겨, 아무리 씹고 잘라내도 네 독성은 얼마나 투명에 가까워지는지

　투명 그것은 극도의 배척의 또 다른 이름

　어쩐지 킁킁거릴수록 피 맛이 나

　시체가 타고 남은 냄새가 나

　닿는 순간 화상을 입히다가도 순식간에 동사해 버리는

　너의 위장술

너의 변온

너의 무취

궤도에 진입한 모든 행성을 밀어내며

무한히 증식하는 너

너라는 이름에만 반응하는

독성,

정오의 드라이브

아빠 손에 이끌려 트럭에 몸을 실었지 출입금지 구역 팻말을 지나 더 깊숙이 숲으로 들어갔어 쓰러지는 쐐기풀 부러지는 나뭇가지 손목 끊어지는 소리 터지는 도토리 도토리 알들 이상해 타이어 소리 말고 엔진 소리 말고 어째서 작은 목소리가 더 선명하게 들리는 걸까 백미러에 달라붙은 검불들 끈덕지게 내 얼굴을 가려 트렁크에 후드에 달라붙어 놓아주질 않는데 나는 이 문을 열고 나갈 수 없다 무성한 나무 앞만 보는 아버지, 눈물을 닦듯 와이퍼가 내게 손을 흔드네 위로하지 마 어차피 버릴 거면서 돌아올 수 없도록 나를 더 깊은 숲속으로 데려가는 거면서 쏟아지는 햇빛 자꾸 우는 아버지 낭떠러지로 추락하는 트럭 누구에게도 발견되지 않을, 정오의 드라이브

검은 재생

짜장면을 먹으면 그날은 소화가 되질 않고 심하면 체하고 체하면 소화제도 듣질 않고 속이 뒤집히고 속이 뒤집히면 응급실에 가야 하고 응급실에 가면 링거를 맞아야 하는데 몇 시간은 꼼짝없이 침대에 묶여 있어야 하는데 가끔은 짜장면이 너무나 먹고 싶고 먹지 않으면 안 될 것 같은 날이 있고 그래서 중국집으로 가 짜장면을 시킨다 짜장 말고 간짜장요 그냥 간짜장 말고 곱빼기요 곱빼기는 혼자 먹기엔 부담스럽지만 왠지 모르게 든든하고 오늘만은 다 먹을 수 있을 것 같고 두 사람이 먹기에 좋을 것 같다 어쩌면 세 사람도 상아색 면발에 춘장을 넣는다 비빌수록 짜장면은 검게 범벅 되지만 검정이 되진 않고 지금 내 안에 있는 허기와 너와 나를 모조리 섞어버린다면 어떨까 흐느적거릴까 절인 양파맛이 날까 조금 궁금하고 면발이 젓가락에 감기듯

돌돌 감길 수 있을까 생각만으로도 끔찍한가 배척하고 겨누게 될까 역시 짜장면은 막상 먹으면 생각보다 맛이 없고 지나치게 기름지다 둥둥 기름이 져도 아까우니까 먹지 않으면 다 버려져야 하니까 꾸역꾸역 먹게 되고 먹다 보면 자주 목이 막히고 아무리 물을 마셔도 넘어가질 않고 도대체 내가 뭘 먹고 있는 걸까 혼란스럽고 차갑게 불어버린 면발을 입에 넣고 있으면 물에 퉁퉁 불어버린 머리칼을 너무 오래 먹고 있는 것은 아닌가 상상하게 되고 상상하면 건너편에서 검은 것을 물고 있는 사람과 눈을 맞추는 것이 두렵다 함께 웃어야 할까 고개를 숙인다 면발이 잘 감기지 않는다 이 순간에도 머리카락이 자라고 있다는 사실이 신기하다

가족

엄마가 수탉을 삶는 동안
아빠는 오빠를 만지작거리고
오빠가 내 눈을 가리는 동안
썩은 냄새가 나

페스트 페스트
나는 갈겨쓰네

안마당에
잎사귀에
날갯죽지에

부러진 나뭇가지처럼
책상에 엎드린 채

짐승은 아픔을 어떻게 표현할까

입을 다물고

언제나 언제까지나
우리는 서로의 앞면만 본다
떠 있는 낮달을 보듯

나도 모르는 사이 무릎에 생긴 멍 자국 이빨 자국
벼룩이 문 것도 아닌데
쥐가 물어뜯은 것도 아닌데

페스트 페스트

전염된다

퍼진다

속수무책으로 우린 맺어졌으니
서로에 관해 아는 바가 없다
우리가 재앙에 대해 아는 바가 없듯

오빠가 엄마의 머리칼을 묶어주고
내가 아빠의 등뼈를 쓰다듬는 사이
깊어지는 뒷면
함몰되는 뒷면

무너진다
삐걱인다
식탁이
침대가

서로의 얼굴이

우리는 뒷면에 얼마나 많은 비밀을 숨겨놓았나
단숨에 서로를 산산조각 낼 수 있을 만한

묻어도 덮어도 피어나는 악취

도려낸 썩은 부위를 서로의 성채에 던지며

페스트 페스트

그러니 속수무책

쓰러질 수밖에

어느 진흙 속의 대화

#어디더라?(목소리, 목소리, 목소리들. 속도제한 100km/h)

찾는 시신이 있다는 묘지로 가는 중이었다. 분명 이쯤이라고 했는데, 앞뒤 자리에 앉은 목소리가 번갈아 말했다. 난 지난 20년간 아빠를 찾았던 적 없는데, 무심코 묘지 앞에서 무릎 꿇을까봐 겁나. 걱정을 사서 하니, 넌 꿇을 무릎이 없잖아, 근데 누가 누굴 무릎 꿇릴 수 있다는 거니? 난 내가 키우는 고양이 말곤 그 무엇에게도 무릎 꿇지 않아. 너 말 잘했다, 너 이 와중에 고양이까지 데려왔어야 했니? 입 다물어. 넌 하얗게 질린 갓난아기 데리고 왔잖아. 아기가 진흙처럼 울잖아. 덤으로 달고 온 아기 때문에 택시 요금 더 내야 하잖아. 택시, 그쪽 방향 아니란 말이에요. 미터기는 자꾸 치솟고 난 동물털 알러지가 있어. 고양이 싫어. 내 고양인 그냥 고양이 아냐. 얜 아픈 지푸라기 고양이야. 눈망울에 말라붙은 진물 좀 봐. 아기나 재워. 더는 못 듣겠어. 똑똑 방울방울 눈물 떨어지는 소리, 만지지 않아도 알 수 있다. 새하얀 지푸라기 고양이 가슴털이 축축 늘어지고, 힘없이 젖어가는 것을.

#사물이 눈에 보이는 것보다 가까이 있습니다(깜빡깜빡, 서로를 더듬지 못한 채 후미등은 영원히 꺼지고 140km/h)

창밖 풍경이라도 볼 수 있다면 좋을 텐데. 툭 하면 진흙비가 들이치고, 창을 후려치고, 범벅으로 만들고, 와이퍼는 정신없이 흔들리기만 하는데. 꼭 얇은 팔들로 뭉친, 거대한 팔뚝 같아서 겁이 난다. 사물이 눈에 보이는 것보다 가까이 있습니다 백미러 문구는 사라진 지 오래고, 밤택시는 빠른데, 도무지 이곳은 사물이 살 것 같지가 않다. 택시, 제대로 가고 있는 거 맞아요? 진흙비만 진창 내리더니 이젠 끝도 없는 동굴 속을 달리는 것 같잖아. 가로등 불빛 하나 없잖아. 요금만 산더미처럼 불어가잖아. 터널 맞아요? 야, 지금 그게 중요한 게 아니야, 내 아픈 고양이가 자꾸만 가벼워진다고, 눈곱만큼 작아져서 모래알처럼 줄줄이 흘러내린다고, 악취마저 사라진다고. 난 새하얀 가슴털 고양이의 깨진 두개골 같은 거 보고 싶지 않아. 추억할 것도 없이, 고통의 자국만 버석거리는 바싹 마른 미라 같은 거 보고 싶지 않다고. 비명 좀 지르지 마 제발, 네 옆구리에서 새어 나오는 흙부터 틀어막아. 고속도로를 달릴 땐 차 문을 열어 환기시킬 수 없는데 너 때문에 아기가 창백해지잖아. 빛 한 점 없이 탈색되잖아. 흙이 아기의 입을 틀어막고, 택시 안을 가득 채우잖

아. 그건 내 옆구리 때문이 아니고, 네 아기가 진흙 아기라서 그래. 정신 차려. 너 혹시 아직도 아기가 운다고 착각하는 거야?

#가장 부드러운 것(피아노포르테, 속도는 200km/h)

차라리 미라가 나아. 난 썩어가는 살덩이 같은 거 보고 싶지 않아. 다 포르노 같아, 포르노 같다고. 지금 뭘 걱정하는 거야. 어차피 몸은 다 썩어. 가장 부드러운 것이 잔뜩 든 복부부터 썩어. 따뜻한 피에 고인 내장 같은 것들. 뇌가 먼저야. 아냐, 뇌는 착한 아기처럼 두개골에 둘러싸여 있잖아. 넌 착한 아기 가 요새를 부수고 가장 먼저 죽는 거 봤니? 썩는 거 봤니? 착한 아기는 가장 오래 살아 남아. 네가 그렇 게 믿고 싶을 뿐이야.

#가장 값싸고 명랑한 묘비명(백 년 뒤에도 대디를 낭독할 이름 모를 메아리에게, 말해도 될까?—기억해, 잊지 마, 이것이 현재야*)

이쯤인 것 같아. 우리가 찾는 시신이 있다는 묘지. 목적지에 다 와가는데, 산더미 같은 이 택시 요금, 어떻게 청산해야 하지? 주머니 좀 뒤져봐. 차 시트, 바닥까지 샅샅이 뒤져봐. 누가 아니, 이 택시 안에서 또 다른 목소리가 발견될지. 뒤지는 동안에도 비용이 든다니 억울하다. 동전처럼 가볍고 명랑한 소리가 나는 것들이 얼마나 값싸게 취급받은 걸까. 이 값싼 것들이 얼마나 모였으면 이토록 많은 빚더미를 이룬 걸까. 부술 수 없는 산 같다. 측정 불가능한 거리 같다. 근데 이 택시 아랜 뭐가 있길래 돌들이 이렇게나 많을까. 이 아래가 무섭다. 입 다

물고 계속 뒤지기나 해. 뒤져도 택시 요금 안 깎이니까. 할부 같은 거 없으니까. 네 낡은 송아지 가죽 부츠부터 벗어. 소용없어. 뒤축에 숨겨놓은 면도칼이 전부야. 아기는 안 돼. 더는 누구도 손대게 할 수 없어. 그러지 말고 네 고양이부터 내놓지 그래? 반쯤 부러진 네 앞니도. 혹시 아니, 네 이빨을 장식물처럼 엮어 목걸이로 만들어 자랑하고, 네 고양이 털 가죽으로 만든 부드러운 카펫 위에서 누군가 잠자길 원할지. 넌 이럴 때 꼭 진부하고 근엄한 아빠 같다. 그 앞에서 꼿꼿이 고개를 쳐들고 대디를 읽어줬던 너만 할까. 경로를 이탈했습니다

#장미와 그레이트 캐니언(*바퀴 회전수는 0, 택시는 진흙 아래서 화석으로 발견되고 목소리는 그 안에서 목소리로만 떠돈다*)

경로를 이탈했습니다 경로를 이탈했습니다 경로
를…… 그 모든 일은 그레이트 캐니언을 장미꽃으
로 후려치는 일에 불과했지. 바위산에는 찰과상 하
나 나지 않았어. 오히려 장미꽃의 사지가 찢겼지.
쾅, 쾅, 장갑차로 뭉개듯 뭉개지는 저 진흙비 속 꽝
꽝 언 시체들. 탑처럼 쌓인 저 구덩이를 어떤 체온
으로 녹여야 하지. 대체 무슨 짓을 더 할 수 있지.
무엇을, 어떻게, 누굴 호명해야 하지? 부족해, 턱없
이 부족해. 거대한 지층처럼 쌓인 택시 요금을 부
수어 되돌리고, 청산하고, 물컹한 진흙으로 위장한,
사방에서 목소릴 짓누르는 이 철근 택시를 뚫고 우
리가 찾는 묘지로 가려면. 폭발, 폭발이라고 써도
아무것도 터지지 않고 하얗게 줄줄이 흘러내리는
이것으로서는.

* 실비아 플라스

겨울의 자정

아가는 잠들고
죽일까
죽을까
누군가는 망설이고
마침내 더 이상 입을 틀어막고
누군가는 이제 막 모퉁이를 돌았을 뿐이다

겨울의 자정
아가는 여전히 혼자인데
고양이는 지붕 위에 숨죽여 새끼를 낳고
누군가는 그 아래 불을 지피고
누군가는 어둠 속에서 환해진다
몸을 데워줄 위스키를 한 손에 든 채,

늙은 경비원이 깜빡 졸았을 때

모퉁이를 지난 누군가는 낯선 그림자와 마주쳤고
마주쳤다는 이유만으로
살해하고
살해당하기 충분한
겨울의 자정
무심코 베인 상처는 아물고
아가는 깨어나지 않는다

겨울의 푸른 빛,
이제 자정이라고 부르기 어려운 시간에
누군가는 잠들고
누군가는 책상 앞에서
식은 카디건을 걸치며
아침이 아니야
아직 늦지 않았어

입김에 손을 비비며

깨어난다

그림자 산책

아파트 뒷길로 연결된 숲은
까다롭지 않은 서너 가지의 목본식물로 구성되
어 있고
뒷모습을 들키기 좋고
어쩌면
한 사람이 몸을 충분히 숨길 수 있을 정도로 알
맞다

정류장에서 집으로 돌아오는 길을 미리 살핀다
누르기 좋게 친절하게
전봇대엔 비상벨이 참으로 많고
나는 그쪽으로만 걷는다

눈에 띄지 않을 만큼 몸을 숨기고
냄새를 지운다 투명한 공기처럼

안정적인 보폭으로 걷는다

나는 당신을 함부로 의심하지 않는다

당신을 무례하게 쳐다보지 않는다

쳐다보며 웃지 않는다

나는 당신으로 인한 감염을 원치 않는다

숲의 산책로를 따라 걷는다

때때로 발밑에서 형체를 알 수 없는 물컹한 것이

밟히기도 한다

놀라지 않고 차가워진다

누구든 날 따라와 날 건드린다면

얼마든지 물어뜯을 준비가 되어 있다

뜯긴 팔, 잘라도 잘라도 줄줄이 딸려 나오는 머

리카락, 맞추어지지 않는 어금니 조각들
　　트랙에 따라 움직이는 발자국을 뒤밟는
　　발자국들의 기나긴 행렬

　　이것도 전염이라 할 수 있나

　　바람이 문지르는 머리칼
　　속,
　　사람일까
　　사람이 아닐까

　　앞에서 먼저 사라진 사람을 끝까지 응시한다
　　빛나는 이빨로

검은 거리의 어깨들

한낮의 웃음, 한낮의 데이트, 한낮의 바리케이드, 바리케이드 안의 검고 검은 여자들

이상했지 앞에 서 있는 처음 본 여잔 그침이 없다 아직 아무것도 외치지 않았는데 얼굴을 반쯤 가린 검은 마스크는 외침보다 먼저 젖는다 눈이 가장 먼저 젖고, 눈가를 닦는 손과 소매가 젖고, 닦지 못한 것이 흘러 마스크를 적신다 투명을 먹고 더 검게

눈이 마침내 적셔지기 위해, 그 이전에 눈이 견딘 것을 생각한다

베고 찌르는, 밝은 스침 밝은 위협 밝은 도시의 죽음 너무나도 깊어서 아득한 검고 차가운 마지막 숨 녹을 줄 모르는 검은 선글라스 뒤의 눈동자, 빛

이 감히 침범하지 못하는 외침 속에서 나는 인간의
피부가 방수가 아니라는 것을 깨닫는다

　한낮의 바리케이드, 한낮의 구경꾼, 한낮의 칼
년 저기 못생긴 검은 여자 따윈 되지 마 검고 검은
저런 미친 불 같은 건 허락해줄 수 없으니까 아니야
난, 저것 좀 봐, 이상해 이상해 밝은 흩날림 형형색
색의 얼굴빛 환하고

　나는 더 이상 내 눈에 비친 빛의 눈을 세지 않는다

　검은 어깨를 감싸는 검은 외투 외투 속에 검은
티셔츠 검은 양말 검은 신발 검은 머리칼을 단단히
쥔 검은 머리끈 검은 마스크 안에 가려지지 않는 거
대한 싱크홀 우주가 지구를 향해 쾅쾅, 미친듯이 주

먹을 내리찍는 크레이터

　오늘은 최대한으로 검정을 껴입을 것 검정을 자
랑하고 뽐낼 것

　검은 여자들이 검은 거리를 향해 검고 가벼운 발
걸음으로 검은 빵을 사고 검은 밥을 먹고 검은 물을
마시고 검은 전철과 검은 택시를 타고 검은 신호등
앞에서 잠시 멈춰 서고 검은 숨을 참고 검은 집을 향
해 검고 무거운 발걸음으로 빛을 켜지 않고 검은 옷
을 하나하나 정성껏 개어 검은 장롱 속에 켜켜이 쌓
고 쌓아 검은 영혼 같은 잠옷을 입지 않고 검게 드러
난 몸으로 검은 침대 검은 이불 속에서 검고 검은 생
각을, 검고 깊은 이름들을 하나, 둘 호명하며 멈추지
못하고 끝없이 호명하며 호명에서 나아가질 못하며
대기의 톱밥에 쓸리고 쓸리며 검은 밤을 헤아리고

파르르 파르르 떨며 견디고 푹푹 빠지는 밤의 모래
사장 속으로 얼굴을 묻었다 뺐다 넘치는 눈동자들
의 홍수 속으로, 다시 얼굴을 뺐다 담갔다 지쳐

꾸뻑꾸뻑 졸기 시작했을 때

도시는 정전

아무도 빛을 켜지 못한다

창백한 달빛 아래서

닭이 울면 잠에서 깨네
죽 이어진 철창, 여기는 나의 집
앞엔 물이 반쯤 남은 놋그릇
속엔 부화한 유충들, 상해버린
친구들, 나의 뼈, 꺾여버린 다리, 기름기 낀 무지개
온기 냄샐 맡은 지 오래되었지
기다리는 사람이 있거나 없거나 목줄이 있거나
없거나
냄새 없는 일들
갈라지는 것이 바닥인지 발바닥인지
하나둘 사라진 돌아오지 않는 친구들
우리를 기다리는 것이 무엇이든 악으로, 악으로
흐를 것을 안다
무덤도 없이
한 줌의 흙도 없이

발밑에 밟히는 죽은 것들

밟고 싶지 않은데

내가 밟고 있는 이것을
우리라고 할 수 없겠지
이걸 우리라고 부르면 안 되는 거겠지
피나 죽음엔 더 이상 들뜨지 않는 흥분
빠르게
빗방울이 떨어진다
공중에 목이 매인 연체동물처럼 하수구에 질질
끌려간다
멀리 닿을 수도 없게
철창에서 목을 빼 목을 축인다
피 맛이다

사방이 따뜻하다

변신

얼음, 뱀파이어

네가 날 송곳니로 물 때

나는 바위에 흐르는 피

수천 년 동안 달을 파낸 크레이터

얼음 벽돌을 딛고 널 찾으러 가는 백골의 신부

어지러운 온도, 깊어지는 추위 속에서

내가 널 물 때

멀리

더 멀리 질주하기

착한 얼굴이 깨끗한 반쪽이 될 때까지

너의 몸통과 나의 손발이 찐득하게 붙을 때까지

서로에게 달라붙어

함께 사라지기

아무런 예감 없이

서로의 텅 빈 눈두덩 속으로

진창 속으로

빨려 들기

사라지기

사라지기

사라지기

겨울철

어제보다 깊어진 동굴에서 깨어납니다
떠나보낸 작은 새는 다시 돌아와
내 가슴에 둥지를 틀고 붉은 알을 낳았습니다
깨어나지 않을 것입니다

빛을 추방했습니다
빛나는 것들이 전부 수상해서
그 속에선 내가 자꾸 사라져서
날개 달린 생명과 다른 방식으로 나는 지상에서
멀어집니다

벽화 속 잠든 짐승들에게 붉은 물감을 칠해줍니다
살아서 이곳을 나가게 될지도 모르니까
피 흘린 동굴이 새 생명을 낳게 될지도 모르니까

내가 내 심장을 느끼게 될지도 모르니까

굶주린 새에게 나의 살점을 떼어 줍니다
새는 나의 살점을 먹고
나는 새의 알을 먹고
그것이 이곳에서 내가 택한 방식입니다

눈먼 새를 가슴에 올려두고 기다립니다

긴 겨울이 끝나고
남은 살점이 모두 사라지고 뼈만 남게 되었을 때
누군가 찾아올지도 모르는 일입니다

내가 좋아하는 것

어둠을 흐르는 구름

절망한 화가가 캔버스에 덧씌운 유화

그 속에 들어 있는 한 여자

아네모네 한 묶음

목초지

그 너머 해변

진주를 위해 스스로를 자해하지 않는 조개

혹등고래의 잠

파도에 쓸려 가는 외투

별들의 불협화음

도형 밖의 이야기들

녹빛으로 물들어가는 것

천천히 썩어가는

육체

쓸모없이 아름다운

사랑 없이 아름다운

관람차

관람차에 몸을 싣는다 펼쳐지는 공중정원, 8월의 햇빛 속에서 나는 서서히 지상에서 멀어진다 눈을 감으면 들려오는 나의 내부, 거대한 바퀴가 굴러가는 소리 나뭇가지로 추락하는 새들

나의 오랜 관람차, 어쩌면 우린 평생을 관람차 안에 살다 죽을지도 몰라 어느새 대각선으로 마주 앉은 어린 내가 햇빛 속에 떨며 말하고 나는 머릿속에 떠오른 몇 개의 문장과 단어를 지나치기로 한다

아무리 불어도 나타나지 않는 입김, 유리창에 써 넣은 글씨가 지워진다 투명해진다 어떤 손이 이 공중을 어루만지고 있는 것일까 굴러가는 운명의 바퀴, 누군가 나를 천천히 써 내려가는 소리

삐걱대는 관람차, 나는 어떤 사건과 배경 속에서
사라지게 될까 8월의 햇빛 속에서 물음을 물음으로
지우며 나는 공중에 놓여 있다 멈추지 않는 관람차,
지상에는 미리 도착한 사람들이 걸어 나오고 있다

이상한 여름

죽은 가시덤불에 약병을 쏟으면

가시 끝에서 사랑이 자라기도 했다

나는 덤불을 태우면서

더 깊은 여름 속으로 걸어 들어갔다

난 자꾸 사라지고 싶어, 널 사랑해

벽장에 널 가두고 네게 고백할 때

네가 사라진다면 그것이 다 무슨 소용이겠니

불길이 이는 벽장 안에서

너는 숨죽여 말하고

나에게 옮겨 붙은 불길이 벽장을 불태우고 집을 태우고 온 세상으로 번져나갈 때

나를 휘감고 뻗어가는 덤불들

입속에 뿌리내린 가시들 그 가시들이

툭툭, 잘 여문 열매를 내 입에 떨어뜨리면

신비한 약을 먹은 것처럼

잿더미 속에서

내가 무성해지기도 했다

헤라클레스의 돌

살색을 뒤집어쓴 아이야, 보호색을 갖지 못한 아이야

네 작은 두 손으로 무얼 할 수 있겠니?

네가 묘목을 심기 위해 잡풀을 뽑으면 잡초는 다시 자라 언덕을 뒤덮을 것이고
네가 목교를 만들기 위해 나무를 패면 나무는 꿈쩍도 하지 않고 더욱더 푸르게 물들 텐데

공중의 날개도 가벼운 뼈도 되지 못하는 아이야
네가 멍투성이의 손으로

모래밭에 이름을 쓰면 파도는 그 이름을 지울 것이고 물결은 묵묵부답, 네가 무심코 벗어버린 신을

돌려주지 않을 텐데

　한 손에 돌을 쥔 아이야, 넌 그것으로 무얼 할 수 있니?

　네 돌은 부드러운 빵이 되지 못하고 네가 심장에 내리친 그 돌은 불씨가 되지 못하고 여전히 철근은 견고한데

　먼지의 돌을 쥔 아이야, 반딧불이의 빛도 되지 못하는 아이야 말해보렴, 넌 도대체 무얼 할 수 있니?

*

　나는 세상에서 가장 추운 가죽을 입은 아이

형형색색의 빛깔도 날카로운 송곳니도 갖지 못한 난

　풀독과 옻독에 올라 두 손이 까지고 터지고 부풀 줄 알면서

　이 땅에 뿌리박힌 채 잡초를 베어낸다

　묘목을 위해 수많은 풀을 베어내는 것이 모순인 줄 알면서도

　그러나 난 단 한 번도 바위에 흩어지는 포말에게 나비의 날개를 이고 가는 개미에게 답을 원한 적 없다

신이 돌아오길 바란 적도

난 그저 철근의 노래에 취하지 않으려

한 손에 헤라클레스의 돌을 쥐고

내리치고

내리치고

내리칠 뿐

가장 먼저 스스로의 따귀부터 갈길 뿐

지킬 보호색이 없어서

오로지 지워지기 위해 이름을 쓰고

지는 태양처럼 지고 또 지는 지겨운 문장만 쓰는 난

어차피 먼지에 불과한 그러나 마침내는

강철을 부식시키고야 마는,

밝은 밤의 이웃들

오늘은 언덕 위에 눕혀진 거대한 모아이 석상이
된 기분

다 지켜본 기분

이웃한 인간이 이웃해 있는 다른 인간보다 높게,
더 높게 석상을 세우려다 서롤 죽이고 죽였다는 얘
기 석상보다 더 거대하게 시체와 시체로 탑을 쌓았
단 얘기 섬 전체가 불탔다는 얘기

이곳은 더 이상 나무가 자라지 않아
이곳에 더는 새가 날지 않아
태풍이 부드럽게 새 한 마릴 납치해
이끼 낀 석상 위에 산 채로 보내주는 일도 없어

인간이 멸종마저도 멸종시켰기 때문에

또다시 절벽은 절벽이지 둥지가 되진 않아
종려나무는 종려나무가 되기를 멈추었어
씨앗은 씨앗이길 포기했지

얼마나 기다려야 할까
씨앗이 씨앗이기를 감수하고
종려나무가 종려나무 숲이 될 수 있다는 걸 상상
하기까지

오늘은 이목구비가 뻥뻥 뚫린 언덕이 된 기분 이
런 언덕들과 헤아릴 수 없이 수만 년 같이, 멀리멀
리 흘러온 기분

이끼는 덮기를 포기했지 너무 크고 깊어서

위에서 내려본다면 어떨까

한 치의 찡그림 없이 고개를 돌리지 않고 하늘을
올려다보는 이 얼굴이

그림 없는 그림

백지를 걸어두고 그 속에 앉아 기다렸지요

두꺼운 얼음을 가르며 오는 배 한 척 없이
조용했지요

깊은 하양 속에 손을 묻고
바닥을 헤집어도
물풀 하나 떠오르지 않고
놀라 도망치는 물고기 하나 없어

백지를 망치고 싶었지요

가짜 입을 그려 말을 지어내고
없는 상처를 만들면
그것이 나인 것 같았지요

비가 오면 적시기 좋고
불태우면 그대로 그을리는
눈물 얼룩 하나 없는 표면으로
기다렸지요

모든 것이 되어보려
사라진 내가
조심조심
세계를 비추려
물드는 순간을

염소는 염소의 노래를 한다

염소는 노래한다 목줄에 묶인 채로 발굽을 구르면서 염소는 노래한다 악장 없이 지휘자 없이 염소는 노래한다 초록의 질감 같은 노래를 윤기 나는 흑단의 노래를 청자 없이 박수갈채 없이 염소는 노래한다 염소는 노래한다 흰 염소를 검은 염소를 갈색염소를 배격하지 않으면서 바람과 언덕과 절벽에서서 발굽을 구르면서 염소는 노래한다 어느 색채에도 물들지 않고 왼쪽과 오른쪽을 가리지 않고 염소는 노래한다 울타리에서도 성벽에서도 국경에서도 묘지에서도 염소는 노래한다 뿔을 휘감은 나선형의 문양으로 공기를 감으면서 염소는 노래한다두 뿔을 리라로 연주하며 염소는 노래한다 주인도이름도 없다는 듯 애초에 없었다는 듯 노래한다 젖을 내주며 털을 내주며 온몸을 내주며 목줄 앞에서울타리 앞에서 두려움 없이 노래한다 씹은 종이를

부드럽게 소화하며 폭우 속에서 눈보라 속에서 라
르고 포르테 발굽을 구르며 염소는 염소의 노래를
한다

해변의 익사체

첼로처럼 누워 파도 소리를 들었죠

당신을 생각했을 뿐인데

졸음이 쏟아집니다

벼락이 친다면

뼛속 가득한 어둠을 보여줄 수 있었을 텐데

비가 내립니다

지구가 거대한 눈동자였다면 품에 안고 깨끗이
닦아주었을 거예요

그칠 때까지

장난스럽게, 서로에게 불붙이던 구름은

바다 깊숙한 곳에 잠들고

이 재앙같이 아름다운 풍경 속에서

어떤 죽음이 날 좋아해 껴안을까

현을 켜며 홀로 듣습니다

파도가 내 속을 깎아 먼 곳으로 데려가는 것을

지층이 신음하며 서로에게서 멀어지는 것을

짧은 질문

한 예술가에게 다락방은 어떤 의미인가

미친듯이 타오르는 열대의 대기 속에서

한겨울, 눈 쌓인 오두막을 보는 이가

사는 곳은 도대체 어디인가

아무것도 먹지 못한 채 가축용 화물차에 실려

죽음을 향해 나아가는 이가

빈 백지의 꿈을 꾼다는 것은 무엇인가

그 필사는 어디에서 오는가

바람?

불화?

시대?

그 사람의 영혼?

바람이 그에게 다가가 이름 없는 것들 보잘것없
고 하찮은 것들의 이야기를 들어달라고 창가를 뒤
흔들어놓았나?

만족을 모르는 영혼이 그에게 더 많은 장작을,
더 많은 불을 달라고 협박했나?

가진 것은 불만밖에 없는 그에게 시대가 산소탱크를 건네주며 살아달라고 부탁했나?

내가 사라져도 내 그림은 죽이지 말아주게*라고 쓰는 사람은

그다음에 올 문장은 도대체 무엇인가

빈 공중을 향해 캔버스를 던진다는 것은

유리병에 시를 담아 바다로 보낸다는 것은

덜덜 떨리는 손으로 만신창이의 몸으로 수천 번 다시 일어선다는 것은

또다시 산다는 것은

이 포기를 모르는 불멸의 영혼들은

도대체 어디서 오는 걸까?

* 펠릭스 누스바움

산책

빛이 새어든다. 너를 본다. 너를 비추는 햇빛을 본다. 너의 어깨 너머로 흐르는 구름을 본다. 구름 속 석양을 본다. 석양 속 코끼리 무리를 본다.

너를 본다. 너의 눈동자 속에 비친 내 얼굴을 본다. 그림 안과 밖에서 서로를 마주 보는 심정으로 너를 본다. 우리의 간격을 본다. 네 얼굴을 만진다. 형상은 온기로 잡힌다. 한 번도 부화한 적 없는 심장을 품고 너를 만진다. 잠든 너의 심장을 본다.

거대한 것들의 죽음은 거대해서 작은 것들의 죽음은 작아서 슬프다.

코끼리는 마음이 너무 아프면 죽을 수 있다고 말하던 너의 입술을 본다. 나는 슬픔 속에 죽어가는

코끼리를 본 적은 없지만

　너를 통과해 빠져나가는 붉은 코끼리를 본다. 그 코끼리가 너의 그림자를, 나의 그림자를 지고 멀어져 가는 것을 본다.

　너를 본다. 모래사장을 걷는, 바다를 걷는 너를 본다. 잠기는 두 발목을 본다. 바다에 밀려온 작은 새를 그것을 건져 올리는 너의 손목을 본다. 너의 어깨 너머로 흐르는 어둠을 어둠 속의 빛을 그 속에 저물어가는 너를 본다. 너를 보면 네 안에 문이 있고 노래가 있고 너를 바라보는 내가 있다. 내가 있다.

나는 너를 찾는다*

나는 향수가 진열된 유리 상점 문간에 기대

당신을 찾고 있어요

한 번도 본 적 없는 당신이

눈을 깊게, 내리깐 채, 단단히 걸어오는 순간을

섬광처럼 열리는 순간을

기다리고 있어요

식상한 어긋남이나 우연, 대각선이나 모서리를 상정하지 않고 있어요

불가피한 범람이 따라다니겠죠 그치만 우리의 마찰로 보풀과도 같은 작은 것이 생성될지 누가 알겠어요

단풍이 조금씩 퍼져가는 밤에 오세요

씨앗이 씨를 물고 700년 동안 발아하지 않는

그 인내와 함께 오세요

어떤 음악도 우리의 그늘이 되지 않게

기타는 버리고 오세요

더 더 더 먼 곳을 꿈꾸지만 털모자도 장갑도 없이

애써 구비해둔 신발도 없이 오세요

쇠구슬처럼 밝아진 달과 숫자와 시계를 끊어내고

두 손의 열쇠를 느슨하게 푼 채

가볍게 손 흔들며 오세요

가볍게 경계를 넘어오세요

이국의 풍경 속에서 모르는 나를 그저 스쳐 지나
갈 뿐인

빈 여행 가방의 옆모습을 닮은 당신을, 지쳐

넘어지려는 당신을

내가 찾아낼 거예요

* 파비오 칼베티

PIN

024

온다

정다연
에세이

온다
—「—」

첫 번째 트랙

너의 이름

노래가 되어서

가슴 안에 강처럼 흐르네

흐르는 그 강을 따라서 가면

너에게 닿을까

언젠가는 너에게 닿을까

재작년 이맘때쯤이었다. 나는 가수 김윤아의 콘

서트에 갔다. 이 노래가 끝난 후였는지 전이었는지 기억이 잘 나진 않지만, 자우림 멤버 중 한 사람이 퀴즈를 냈다.

"이번 앨범의 첫 번째 트랙이 뭔지 아시는 분 있나요?"

침묵.
아무도 선뜻 답하지 못하자 그가 다시 말했다.

"바람 소리."

"짧은 바람 소리가 녹음된 것이 첫 번째 트랙입니다. 꼭 그걸 다 듣고 두 번째 트랙 「강」으로 넘어가주세요."

나는 집으로 돌아와, 바람 소리로만 되어 있다는 첫 번째 트랙을 살펴보았다. (   ). 재생 시간만 기입해두고 비워둔 자리. ―로 표기되기도 하는, 제목이라고 하기엔 어딘가 부족해 보이는 기호. 음반

을 넣으면 44초짜리 소리가 재생된다. 그가 말했듯
역시 바람 소리. 처음에는 들리는 듯 들리지 않는
듯했다가 순식간에 거세지면서 공기를 흔드는 것
이 느껴진다. 어쩌면 비가 오는 것도 같고, 천둥이
치는 것 같기도 하고, 폭풍우 아래서 레코드 바늘
이 닿는 소리가 들리는 것도 같다. 어느 쪽이든 간
에 바람은 거세지면 거세졌지 잦아들 것 같진 않다.
그리고 그 끝에서 김윤아가 노래를 시작하기 위해
입술을 떼어, 숨을 한 번 들이쉬는 소리가 녹음되어
있다. 흡. 이어서 다음 트랙의 노래가 시작된다. "너
의 이름 노래가 되어서 가슴 안에 강처럼 흐르네."

(—)

  짧은 직선으로 된 이 기호. 그 안에 녹음된 바람
소리. 이어지는 두 번째 트랙. 이 연속을 지금이라
면 조금 다르게 말할 수 있다. 나는 저 짧은 직선으
로 된 기호가 존재하는 공간. 모든 음악들이 마침내
자신의 마지막 중력을 잃고 도달하는 곳. 침묵의 장

소. 나는 그곳을 안다.

침묵의 장소

　나는 나미비아의 한 워터홀waterhole에 앉아 있다. 이곳은 풍경이라고 부를 만한 것이 없다. 검다고밖에 말할 수 없는 밤하늘. 틈틈이 떠 있는 별. 그 아래 워터홀 하나. 그 워터홀을 비추는 조명 하나. 그리고 기다림이 있다. 나는 이곳에서 기다린다. 무엇을 기다리냐 하면 저 지평선 너머로 오는 동물을 기다리고 있다. 그것이 얼룩말인지, 사자인지, 임팔라인지, 코끼리인지 알 수 없지만 그것은 오늘 밤 물을 마시러 워터홀에 올 것이다. 나는 그것을 보기 위해 그 장소에 앉아 있다. 지금 오고 있는 것이 무엇인지, 어떤 형상을 하고 있을지 모르면서도. 그것이 오면 좋겠다고 생각하면서.

　나는 나 자신을 완벽히 잊어버린다. 끝없는 바라봄의 시간. 바라봄밖에는 할 것이 없는 무용한 시간. 마침내는 무언가를 기다리고 있다는 사실조차 잊어버릴 정도의 비어짐. 진공 상태의 시간. 그 시간 속에 하염없이 있노라면 어디선가 쿵, 쿵, 부드럽게 울리는 소리가 들려온다. 그것은 아직 내 시야가 닿는 지평선에 도달하지 않았지만 나는 그것이 저 너머에 분명히 존재하고, 지금 이리로 오고 있다는 것을 안다. 쿵, 쿵, 나는 놀란다. 그것의 발걸음 소리가 그토록 클 수 있다는 것에 대해. 그 발걸음이 이 침묵의 공간을 흔들 수 있다는 것에 대해. 그리고 그 발걸음이 내 귀에 들린다는 것에 놀란다.

자각자각. 돌 굴러가는 소리. 그것은 아주 조심스럽게 워터홀에 다가온다. 망설이다가 뒤로 갔다가 다시 조금 앞으로 전진하다가 멈추길 반복한다. 그것은 코뿔소다. 코뿔소는 시력이 좋진 않지만, 후각과 청력이 아주 예민하기에 지금 이곳에 어떤 낯선 존재가 와 있다는 것을 안다. 그는 경계를 늦추지 않고 아주 천천히 워터홀을 향해 다가온다. 그리고 자신이 안심할 수 있을 만큼의 시간이 지나자 마침

내 물을 향해 고개를 숙인다.

　모든 소리가 명확히 들려온다. 그가 수면에 입을 대고, 물을 넘기는 소리. 삼키는 소리. 숨을 한 번 내쉬고 다시 고개를 숙이고 물을 마시고, 고개를 들어 이쪽을 향해 시선을 던지고. 다시 아주 천천히 워터홀에서 멀어지는 장면이 재생된다. 반복. 반복. 코뿔소 한 마리가 가고, 코뿔소 두 마리가 오고, 뛰어가고, 사라지고, 한 마리의 코뿔소가 오는 장면이 눈앞에 펼쳐진다.

　나는 노트를 펼쳐 이 풍경을 설명할 수 있을 만한 단어와 문장을 적어본다. ~~방금 네 번째 코뿔소가 왔다. 바라보고 있다. 기적. 약간 외롭고 기쁨.~~ 지운다. 몇 줄의 문장을 적다가 적기를 멈추고, 그림을 그려보다가 그림 그리기를 멈춘다. 그날 새벽, 아직 어둠이 거두어지지 않은 시각에 나는 텐트에서 빠져나와 워터홀로 간다. 이 순간과 장면이 온몸에 각인되길 바라면서.

Orange river

오렌지강Orange river은 남아프리카공화국과 나미비아의 경계를 가로지르는 거대한 강이다. 나는 그것을 지나 나미비아에 도착한다. 숙소 앞으로는 강이 흐르고, 그 주변에는 붉은 띠가 둘러진 자그마한 배가 정박해 있다. 침묵이 가득 차 음악처럼 흘러서 식기가 달그락거리는 소리, 씨앗이 터지는 듯한 웃음소리, 자작자작 모닥불 타는 소리가 악기 같다. 한국에 있었다면 손쉽게 차단했을 소리들.

나는 그 소리를 들으며 혼란스러움을 느낀다. 내 몸은 아직 아프리카에 적응하지 못했다. 이곳의 기후, 이곳의 음식, 이곳의 식생은 지나치게 낯설다. 한낮은 피부를 다 태워버릴 것처럼 뜨겁고 건조하고, 반대로 깊은 밤은 기온이 0도에 가깝게 떨어진다. 아무리 텐트를 꼼꼼히 잠가도 가져온 옷을 모두 껴입어도 한기가 파고드는 것은 막을 수 없다. 입김이 서리는 추위 속에서 나는 깊이 잠들지 못하고 며칠 간은 거의 음식을 먹지 못한다. 연이은 통증과

난조로 캠핑을 포기하고, 나는 홀로 숙소에서 밤을 보낸다.

강이 보이는 테라스에 앉아 물소리를 들으며 나는 이곳에서 날 스쳐 간 풍경을 떠올린다. 길가에서 타조가 뛰어들던 것. 테이블마운틴. 한 번도 본 적 없는 색감을 지닌 거대한 암석과 초목들. 덤불에 숨어 있던 볼더스비치Boulders Beach의 아기 펭귄들. 시티투어버스 위에서 도시의 풍광을 한눈에 내려다본 것. 그 모든 일을 아무런 실감 없이, 생기 없이 쳐다본다.

나는 실내로 돌아와 한국에서 챙겨 온 책들을 꺼내 곁에 둔다. 무기력에 관한 책과 프리모 레비의 책들. 펼쳐 읽진 않는다. 침대에 눕는다. 그리고 내가 이 밤에 할 수 있는 것들의 목록을 생각해본다. 일기를 쓸 수도 있다. 누군가에게 편지를 쓸 수도 있고 지금 당장 침대에서 일어나 강가를 거닐 수도 있다. 오후에 보았던 배를 어둠 속에서 한 번 더 볼 수도 있다. 그렇지만 난 그렇게 하지 않는다. 그렇게 하지 않고 스스로에게 묻는다. 도대체 어디서부터 어떻게 잘못된 거냐고. 나는 내 안에서 더는 음악이 흘러나오지 않는다고 느낀다.

강으로 그 강으로

나는 깊은 강에 잠겨 있는 것 같다. 수초가 내 얼굴을 덮고, 가끔 새가 날아와 이마를 부리로 두드려도 깨어나지 않는다. 손을 뻗어 들풀을 붙잡고, 바깥으로 걸어 나올 생각을 하지 않는다. 나는 나를 내버려둔다. 한번 나갔다가 집으로 돌아오면 2, 3일은 내리 자야 몸이 돌아오는 날들. 극장에서 상영되는 폭행 장면과 강간 장면을 견디지 못하고 울며 돌아오는 날들. 그래 저것이 재밌구나. 저것이 영화구나. 그래 당신들은 그렇게 말할 수 있구나. 얼마나 시간이 흘렀는지 알 수 없다. 그러다 불현듯 전기에 감전된 것처럼 몸을 떨며 깨어나면, 사방에서 쏟아지는 비명과 그 비명이 담긴 기사를 읽는 것으로 하루를 보낸다. 나는 온몸을 얻어맞는 것 같은 통증을 느낀다. 읽는 것만으로도 이렇게 아플 수 있다니.

그렇게 밤을 지새우고 나면, 플러그가 뽑힌 기계처럼 무서울 정도로 긴 잠에 빠진다.

　되돌아가 그 시간을 짚어보면 떠오르는 것이 별로 없다. 꼭 필요한 일이 아니라면 누군가를 만나지 않았고, 밖에 나가지 않았다. 때마다 음식을 먹다가도 꼭 속이 뒤집혔고, 이유 없는 어지럼증에 시달리기도 했다. 읽거나 쓰지 않았다. 그 시간에는 무언가를 남겼다고 말할 수 있는 것이 마땅히 없다. 몸이 훼손되었다는 감각도 훨씬 더 나중의 일이었다.
　그러나 내가 기억하지 못하는 어떤 순간이 있었을 것이다. 손을 뻗어 강가의 가장자리에 피어난 풀을 움켜잡고 일어나진 못했지만, 힘차게 헤엄치며 강을 가로지르진 못했지만, 내 곁에 흐르는 물결을 잡았을 수 있다. 한 문장과 한 문장이 모여 일기가 되거나 시가 되진 못했지만 휘갈겨 쓴 분노와 무기력의 단어가 있었을 것이다. 검고 짙은 망각의 꿈속에서도 일어나려고, 내가 모르는 내가 수도 없이 발버둥 쳤을 것이다.

그렇지 않았다면, 나는 음악을 찾아가지 않았을 것이다. 인파를 뚫고 음성을 듣기 위해 어두운 객석 아래 앉아 있지 않았을 것이다. 바리케이드 너머 수많은 외침들이 울려 퍼지는 곳으로 가지 않았을 것이다. 내가 상상할 수 있는 가장 먼 곳, 아프리카로 가겠다고 결심하지 않았을 것이다. 쿵, 쿵, 대기를 울리며 지평선 너머에서 오는 코뿔소를 보지 못했을 것이다. 마침내 한 모금의 물을 들이켜고, 숨을 내쉬고 다시 지평선 너머로 사라지는 그 발걸음 소리 듣지 못했을 것이다.

시가 번역이 불가능하다면 음악은요?

지금 이곳은 침묵의 공간과는 거리가 멀다. 창을 열어도 강은 나타나지 않고, 이쪽을 향해 걸어오는 너 또한 보이지 않는다. 길을 지나고, 책을 펼치고, 텔레비전을 켜면 우수수 비명들이 쏟아져 나온다. 내가 정말 너를 보았던가? 네가 오는 소릴 들었던가? 희미해져가는 날들.

소음이 잦아드는 밤이 오면 책상에 앉아 시를 쓴다. 백지는 비어 있지만 나는 비어 있지 않다. 어떤 날은 시가 완성되고, 어떤 날은 완성되지 않는다. 친구는 요즘 내 시에 비명이라는 단어가 많이 나온다고 말해줬다. 비명. 비명을 비명으로만 내버려두고 싶지 않은데, 비명을 비명으로만 남겨두는 일이 많아서 나는 그 단어를 지우고, 지운다.

최근에 보고 있는 안드레이 타르콥스키의 영화 「노스탤지어Nostalgia」에는 이런 대사가 나온다.

─시를 번역하는 건 불가능해. 다른 모든 예술도.
남자가 말한다.
─시 번역이 불가능하다면 음악은요?
여자가 되묻는다.

남자는 불가능하다고 말하는 것 같다. 경계와 국경이 있으니. 그렇지만 비명은 어떠한가. 그것은 어떻게 말해질 수 있는 것일까. 수천 톤의 압력으로 조율된 피아노 소리를 말하는 것이 아니다. 국경이

나 경계를 말하는 것이 아니다. 몸을 찢고 나오는 비명들. 내가 내 안에 고여 있는지도 몰랐던 울음은 어떻게 말해질 수 있는 것일까.

나는 그것을 어떻게 쓸 수 있을지. 그것을 비명으로만 남겨두지 않고 울음으로만 남겨두지 않을 수 있는지. 적어보고 있다. 들어보고 있다. 아직 문장이 되지 못한, 흘러내리는 단어일 뿐이지만 그것이 시가 될 수 있다면 어떤 모양의 시가 될 수 있을지. 어떤 소리를 낼지. 더듬어보고 있다. 모르는 채로 써보고 있다. 백지의 지평선 너머에서 무언가가 들려오길 기다리면서. 물 한 잔을 두고. 비워두고. 비워두고.

—

네가 오고 있다는 걸 점점 더 믿기 어려운 나날이다. 하지만 아주 가끔 어둠 속에 묻혀 있는 어느 밤이면, 단단히 눈꺼풀을 걸어 잠그고 안으로, 안으로 잠수하기도 하는 밤이면 들려오기도 하는 것이다.

쿵, 쿵, 심장 뛰는 소리가. 쿵, 쿵, 지평선을 뚫고 걸어오는 너의 소리가. 물을 들이켜고, 이쪽을 향해 잠시 시선을 던지는 그 소리가. 그 소리만큼은 내가 믿을 수 있는 사실이다.

내가 내 심장을 느끼게 될지도 모르니까

지은이 정다연
펴낸이 김영정

초판 1쇄 펴낸날 2019년 8월 31일
초판 3쇄 펴낸날 2023년 1월 6일

펴낸곳 (주)현대문학
등록번호 제1-452호
주소 06532 서울시 서초구 신반포로 321(잠원동, 미래엔)
전화 02-2017-0280
팩스 02-516-5433
홈페이지 www.hdmh.co.kr

ISBN 978-89-7275-119-9 04810
     978-89-7275-113-7 (세트)

* 이 책은 서울문화재단 '2019년 첫 책 발간 지원사업'의 지원을 받아 발
  간되었습니다.

현대문학 핀 시리즈 시인선